La Novela Gráfica

JACK Y LOS FRIJOLES MÁGICOS

CONTADA POR BLAKE. A. HOENA ILUSTRADA POR RICARDO TERCIO

STONE ARCH BOOKS
a capstone imprint

Graphic Spin es publicado por Stone Arch Books
A Capstone Imprint
151 Good Counsel Drive, P.O. Box 669
Mankato, Minnesota 56002
www.capstonepub.com

Impreso en los Estados Unidos de América, Stevens Point, Wisconsin
092009
005619WZS10

Data Catalogada de esta Publicación esta disponible en el website de la Librería del Congreso.
Library Binding: 978-1-4342-1902-2
Paperback: 978-1-4342-2272-5

Resumen: Cuando Jack vende la vaca de la familia a cambio de unos frijoles mágicos, su madre no está nada contenta. Sin embargo, pronto los frijoles se convierten en una empinada planta que lleva a un castillo lleno de oro y otros tesoros. Si Jack logra rehuírle al gigante que come gente, ¡su familia será rica!

Dirección artística: Heather Kindseth
Diseño gráfico: Kay Fraser
Producción: Michelle Biedscheid
Traducción : María Luisa Feely bajo la dirección de Redactores en Red

JACK Y LOS FRIJOLES MÁGICOS

STONE ARCH BOOKS
a capstone imprint

PERSONAJES

JACK

LA MADRE

LA ESPOSA DEL GIGANTE
EL GIGANTE

Había una vez un niño llamado Jack que vivía con su pobre madre viuda en Inglaterra.
Un gigante que comía personas había matado al padre de Jack muchos años atrás.

El gigante había robado todas las posesiones de la familia, excepto por su vaca, Blanquita.
Jack y su madre vivían de la leche que Blanquita producía.
Hasta que una mañana . . .
¡Ni una gota!

¡Blanquita se secó!
Si no tenemos leche para vender, no tendremos dinero suficiente para comida.
¿Qué haremos, madre?
Esperaba que no llegáramos a esto, pero tenemos que comer.
Tendremos que vender a la vieja Blanquita.

La Novela Gráfica

JACK Y LOS FRIJOLES MÁGICOS

CONTADA POR BLAKE. A. HOENA ILUSTRADA POR RICARDO TERCIO

[illegible] CUENTO DE HADAS

Más tarde ese día . . .

¿Hacia dónde te diriges esta mañana, jovencito?

Estoy yendo al mercado, a vender la vaca de la familia.

Puedo ahorrarte el viaje. Te cambio esa vieja vaca por esto . . .

¡¿Frijoles?!
No son frijoles comunes. ¡Son mágicos!
Si los plantas esta noche, para la mañana habrán crecido hasta el cielo.
¿De veras?
Si lo que digo no es cierto, te devolveré tu vieja vaca.

Al atardecer, Jack regresó a casa . . .
Entonces, ¿cuánto te dieron por Blanquita?
Nunca lo adivinarás.
¿Quince? ¿Veinte? No puede ser más de veinte.
Algo aún mejor que eso.
¡Cambié a la vieja Blanquita por estos frijoles!

¡¿Frijoles?!

¿Cómo pudiste cambiar nuestra única vaca por cinco inútiles frijoles?

Pero, madre, ¡son mágicos!

¡Niño tonto! Ya te mostraré magia yo. ¡Mira cómo desaparecen estos frijoles!

¡No!

¡Ahora, vete a la cama!
Esta noche no habrá cena, ¡y eso es gracias a ti!
Pero mientras Jack y su madre dormían . . .
. . . sucedió algo verdaderamente mágico.

A la mañana siguiente . . .
¡Y no regreses hasta que hayas recuperado esa vaca!
¡Sí, madre!
THUD!
¡Uf!

Guau.

¡El anciano
dijo la verdad!

¿Adónde llevará esta planta de frijoles?
Supongo que hay una sola forma de averiguarlo.
!!

¡Un castillo en las nubes!
¡Espero que haya alguien en casa y que pueda conseguir algo de comer!
Anoche no tomé la cena y esta mañana no desayuné.
KNOK! KNOK! KNOK!

¿Hola?

Buen día, señora. ¿Sería tan amable de darme algo para desayunar?

¡Oh, de acuerdo!
Ven conmigo.
Será mejor que comas rápido antes de que mi esposo regrese. 
Sí, señora.

De pronto . . .

¡Oh, no! ¡Es mi esposo!

RUMMBLE!

¿Qué sucede?

¡Al derecho y al revés!
¡Huelo la sangre de un inglés!
Esté muerto o vivo, sus huesos molidos serán a mi pan como el trigo.
Probablemente hueles las sobras del pequeñito que comiste anoche en la cena.
Ahora, siéntate y te prepararé el desayuno.

Después del desayuno, el gigante contó su oro y en seguida empezó a adormilarse.
ZZZZZZZZZZZZZZ
¡Ahora es mi oportunidad de escapar!
Pero antes tomaré un poco de oro. Este gigante sí que tiene oro de sobra.

Zzzzzzzzzzz
¡No puedo esperar a mostrarle a mi madre las riquezas que encontré!

¡¿De dónde sacaste todo este oro?!
¡Tenía razón sobre los frijoles!
¡Son mágicos de verdad!
Más tarde . . .
¡Ten cuidado, Jack!

Cuando Jack regresó . . .
Es una gallina mágica, madre.
Sólo tienes que decir . . .
¡Pon!
PLOP!
¡Oh, Jack! Esta gallina perteneció a tu padre.
¡Encontraste nuestro tesoro familiar!

A la mañana siguiente, Jack decidió visitar el castillo por última vez.
Quería recuperar las últimas pertenencias de su padre.
Entró furtivamente y se escondió en una enorme tetera justo antes de que llegara el gigante.
¡Al derecho y al revés!
¡Huelo la sangre de un inglés!

Ya empiezas otra vez con tu al derecho y al revés.
¡Lo huelo, esposa, lo huelo!
¡Tonterías! ¿Qué te parece un poco de té para calmar los nervios?
!!
Tal vez más tarde. Ahora creo que iré a escuchar mi arpa de oro.
¡Uf!

Al recibir la orden del gigante, el arpa de oro entonó una hermosa melodía.
¡Canta!
Pronto, el gigante cayó dormido . . .
LA-LA-LA-LA-LAAAAA

Con esta arpa,
mi madre y yo tendremos
todo lo que nos pertenece
legítimamente.
LA-LA-LAAAA
¡Amo!
¡Amo!
¡Auxilio!
¡Auxilio!

¡Al derecho
y al revés! ¡Huelo la
sangre de un
inglés!
¡Al derecho 
y al revés!
¡Huelo la sangre
de un inglés!

¡Madre, madre, toma el hacha!
THWACK!

CRACK!
¡Corre, madre! ¡Corre!
AAAAHH!!! 
BOOOOOM!

Al gigante que había matado al padre de Jack le había llegado su hora. Con la venta de los huevos de oro de la gallina, Jack y su madre se hicieron muy, pero muy ricos.
Y vivieron felices para siempre.

ACERCA DEL AUTOR

Blake A. Hoena creció en Central Wisconsin, donde, en su juventud, escribía cuentos sobre robots que conquistaban la Luna y trols que recorrían pesadamente el bosque detrás de la casa de sus padres — el hecho de que esos trols estuvieran a la caza de niños pequeños no tenía nada que ver con los fastidiosos hermanos de Blake. Luego, se mudó a Minnesota para hacerse con una maestría en Bellas Artes en Escritura Creativa en la Universidad Estatal de Minnesota, Mankato. Desde que se graduó, Blake escribió más de treinta libros infantiles, incluidas versiones de "La leyenda de Sleepy Hollow" y el mito de Perseo y Medusa. En la actualidad, trabaja en una serie de novelas gráficas acerca de dos hermanos extraterrestres, Eek y Ack, quienes están decididos a conquistar nuestro gran hogar azul.

ACERCA DEL ILUSTRADOR

Ricardo Tércio es un ilustrador independiente de Lisboa, Portugal. Cofundó una productora e hizo animaciones y videos para algunos de los más importantes músicos portugueses. Tércio también hizo ilustraciones para grandes compañías, como Hasbro. En 2007 ilustró su primer cómic, *Spider-Man Fairy Tales #1*, para Marvel.

GLOSARIO

arpa: instrumento musical triangular de gran tamaño que se toca punteando sus cuerdas

aterrador: que asusta o que causa miedo

inglés: hombre de Inglaterra

legítimamente: si un objeto es legítimamente de alguien, pertenece a esa persona

mercado: lugar donde las personas compran, intercambian y venden comida o bienes

ordenar: mandar a alguien a que haga algo

pertenencias: artículos que posee una persona

planta de frijoles: planta que nace del frijol

produjo: hizo algo

viuda: una mujer queda viuda cuando muere su esposo

LA HISTORIA DE JACK Y LOS FRIJOLES MÁGICOS

Los cuentos de hadas se contaban y se volvían a contar de manera oral antes de que alguien los escribiera. Cada vez que un narrador contaba un cuento de hadas, a menudo le agregaba un nuevo detalle o cambiaba un poco lo que sucedía. Los narradores hacían esto para que la historia fuera más emocionante, más interesante o estuviera más a su gusto. Por estos motivos, existen muchas versiones de cuentos de hadas como JACK Y LOS FRIJOLES MÁGICOS.

"The History of Mother Twaddle, and the Marvellous Achievements of Her Son Jack" (La historia de madre Twaddle y los maravillosos logros de su hijo Jack) de B. A. T., apareció a comienzos del siglo XIX. En esta versión de la historia es una niña sirviente, y no la esposa del gigante, quien deja entrar a Jack al castillo. Además, Jack decapita al gigante y lo mata.

Otra versión editada a comienzos del siglo XIX fue la de Benjamin Tabart. En su versión de JACK Y LOS FRIJOLES MÁGICOS un hada le dice a Jack que el gigante robó a su padre y lo mató. Tabart agregó este detalle para darle a Jack una razón para robarle al gigante.

En 1890, Joseph Jacobs publicó una versión diferente del cuento de hadas para la que se basó en una versión de la historia que recordaba de su niñez.

En su relato, Jack le roba al gigante porque es un granuja y un travieso, y no hay mención del padre de Jack.

En la actualidad, se cree que la versión de Jacobs de JACK Y LOS FRIJOLES MÁGICOS es la más cercana al original, pero nadie lo sabe con certeza. La versión que acabas de leer es más parecida a la de Tabart, pero aún así hay algunos detalles modificados por el autor. Aquí es la madre de Jack, y no un hada, quien le dice a Jack que el gigante tiene el tesoro de la familia.

PREGUNTAS PARA DEBATIR

1. Jack cambia la vaca de la familia, Blanquita, por un puñado de frijoles supuestamente mágicos. Si fueras Jack, ¿habrías hecho lo mismo? ¿Por qué?

2. ¿Crees que estuvo bien que Jack le robara al gigante? Explica tu respuesta.

3. Con frecuencia, los cuentos de hadas se cuentan una y otra vez. ¿Habías escuchado el cuento de Jack y los frijoles mágicos antes? ¿En qué se diferencia esta versión del cuento de las otras versiones que escuchaste, viste o leíste?

CONSIGNAS DE REDACCIÓN

1. Escribe una historia acerca de lo que habría sucedido con Jack y su madre si no hubieran cambiado a Blanquita por los frijoles mágicos. ¿Qué podrían haberle dado a Jack a cambio de Blanquita en lugar de los frijoles? ¿Cómo habrían sobrevivido él y su madre en ese caso?

2. Imagina que vives en las nubes como el gigante y su esposa. Escribe sobre tu vida allí. Describe el entorno, las plantas y los animales. ¿Hay alguna actividad especial que harías por vivir en las nubes?

3. Al final de la historia dice que Jack y su madre vivieron felices para siempre. ¿Habrá sido así? Escribe un cuento sobre lo que sucede con Jack y su madre después de la muerte del gigante. ¿Jack lucha con otros monstruos o se casa con una princesa? ¿Regresa a las nubes o tiene otras aventuras?

¡ALTO!
¡NO CIERRES el libro!
¡Aún hay
MÁS!
PARA MÁS:
Juegos
Acertijos
Héroes
Villanos
Autores
Ilustradores . . .
VISITA
www.
capstonekids
.com
¿Aún quieres MÁS?
Encuentra más sitios y libros
como este en: www.Facthound.com.
Tecléa el número del libro: 9781434219015
¡Y listo!